PRÉSENTATION

"Eastwood, Dunkeld
4 septembre 1893

Mon cher Noël,
Je ne sais pas quoi t'écrire, alors je vais te raconter
l'histoire de quatre petits lapins qui s'appelaient
Flopsaut, Trotsaut, Queue-de-Coton et Pierre..."

Voici comment est né Pierre Lapin, le premier d'une
portée d'une vingtaine de petits livres, faciles à prendre
dans la main. Des générations d'enfants les ont manipulés,
avant même de savoir lire, pour se les faire raconter. Ils y
sont entrés aussi facilement que le jeune Noël à qui
s'adressait Beatrix Potter.

A presque cent ans de là, les images gardent toute leur
fraîcheur et une vérité qui tient à une observation
scrupuleuse, une précision de naturaliste. La transparence
de l'aquarelle rend sensibles la rondeur chaude et
palpitante des petits ventres des lapins exposés
innocemment, la drôlerie naturelle des vêtements
ajustés. Les intérieurs encombrés et chaleureux s'opposent
aux vastes espaces sereins, —l'Angleterre des lacs ; entre
les deux, l'univers des hommes existe parfois, avec ses
dangers pour les petits animaux. Le regard profondément
attentif de Beatrix Potter restitue l'étonnement et
l'émerveillement des découvertes enfantines.

Fidèles à leur nature animale, les personnages de cet univers incarnent les sentiments élémentaires et forts qui rencontrent un écho chez les petits d'hommes.

Beatrix Potter a aussi travaillé son texte pour qu'il soit toujours plus simple, naturel et direct. Chaque mot porte sa charge de sensations : sons, odeurs, impression de mouvement donnée tant par le rythme vif du texte que par l'image.

La simplicité de Beatrix Potter n'est ni condescendante, ni moralisante. Elle disait: *"Je n'invente pas, je copie. J'écris pour mon propre plaisir, jamais sur commande."*

Ses petits animaux affairés et pourtant disponibles vivent dans un monde où l'on se sent toujours invité.

Geneviève Patte
7 mai 1980

NOISETTE L'ÉCUREUIL

BEATRIX POTTER

FREDERICK WARNE
in association with
Gallimard

*Pour réaliser cette édition, les techniques de photogravure
les plus en pointe ont été utilisées, directement à partir des
aquarelles originales de Beatrix Potter, et non comme pour
les éditions antérieures, à partir de plaques usagées. Ce
procédé permet pour la première fois d'apprécier l'œuvre
de l'artiste avec une fraîcheur et une vérité jamais
atteintes même de son vivant.*

FREDERICK WARNE
in association with Editions Gallimard

Published by the Penguin Group
27 Wrights Lane, London W8 5TZ, England
Viking Penguin Inc., 40 West 23rd Street, New York, New York 10010, USA
Penguin Books Australia Ltd, Ringwood, Victoria, Australia
Penguin Books Canada Ltd, 2801 John Street, Markham, Ontario, Canada L3R 1B4
Penguin Books (NZ) Ltd, 182-190 Wairau Road, Auckland 10, New Zealand

Penguin Books Ltd, Registered Offices: Harmondsworth, Middlesex, England

Original title: The Tale of Squirrel Nutkin, 1903
First published in this translation by Editions Gallimard, 1980
This edition first published 1990

Colour reproduction by
East Anglian Engraving Company Ltd, Norwich
Printed and bound in Great Britain by
William Clowes Limited, Beccles and London

*Une histoire
pour Norah.*

NOISETTE L'ÉCUREUIL

C'était un petit écureuil qui s'appelait Noisette et dont la longue queue touffue s'ornait d'un panache de fourrure rousse et brillante.

Il avait un frère qui se nommait Groseille et beaucoup de cousins. Tous habitaient dans un bois, au bord d'un lac.

Au milieu du lac, il y avait une île couverte d'arbres et de noisetiers. Parmi ces arbres, se dressait un chêne creux : c'était la maison d'un hibou qui s'appelait le vieux Brun.

L'automne venait d'arriver. Les noisettes étaient mûres et les feuilles des arbres commençaient à prendre des teintes mordorées. Noisette, Groseille et tous les autres écureuils sortirent du bois et gagnèrent la rive du lac.

Ils construisirent de petits radeaux à l'aide de branchages et se rendirent sur l'île du vieux hibou pour y ramasser des noisettes.

Chaque écureuil avait emporté avec lui un petit sac et une grande rame. Déployant la longue fourrure de leurs queues, ils s'en servirent comme de voiles.

Ils avaient également emporté trois souris bien dodues qu'ils offrirent en cadeau au vieux Brun, en les déposant devant sa porte.

Le hibou se montra et Groseille, imité par tous les autres écureuils, s'inclina devant lui.

« Monsieur Brun, dit-il, nous sommes venus vous demander la permission de ramasser des noisettes sur votre île. »

Tout le monde s'était montré fort courtois, à l'exception de Noisette qui s'était mis à sautiller comme une *cerise* au bout d'une branche agitée par le vent. Et il chantait :

Monsieur vieux Brun
Devinez bien
Qui est-ce qui est tout rond
Avec un manteau rouge et un bâton
Avec dans la gorge un caillou
Dites-le-nous
Et vous aurez trois sous !

C'était une vieille devinette que tous les écureuils connaissaient. Le hibou, lui, ne prêta aucune attention aux extravagances de Noisette.

Il ferma les yeux et s'en alla dormir.

Les écureuils remplirent leurs sacs de noisettes et rentrèrent chez eux à la nuit tombée.

L e lendemain de bonne heure, ils revinrent tous sur l'île du vieux hibou. Cette fois, ils lui avaient apporté une taupe qu'ils déposèrent sur une pierre, devant sa maison.

« Monsieur Brun, dit Groseille, nous permettrez-vous aujourd'hui encore de ramasser quelques noisettes ? »

Mais Noisette qui n'était décidément pas très respectueux recommença à danser et à sautiller. Il chatouillait le vieux Brun avec une feuille d'*ortie* tout en chantant :

Monsieur vieux Brun
Devinez bien
Pique et pique dans le mur
Pique et pique sur le mur.
Si vous touchez pique et pique
Pique et pique vous mordra,
Pique et pique vous croquera.

Le vieux Brun s'éveilla en sursaut et emporta la taupe chez lui.

Il avait fermé la porte au nez de Noisette. Bientôt, un filet de *fumée* bleue s'éleva au sommet du vieil arbre. Noisette regarda par le trou de la serrure et se remit à chanter :

Il y en a plein la maison, dans les trous,
il y en a plein.
Mais d'en remplir un bol,
il n'y a pas moyen.

Les écureuils étaient partis ramasser des noisettes dont ils emplirent leurs petits sacs.

Noisette, lui, ramassa les glands du vieux chêne et s'asseyant sur une souche, joua aux billes devant la porte du vieux Brun.

L e troisième jour, les écureuils se levèrent à l'aube et partirent pêcher. Ils attrapèrent quelques vairons pour le hibou.

Puis ils reprirent leurs radeaux et abordèrent dans l'île du vieux hibou à l'ombre d'un marronnier aux branches tordues.

G roseille et six autres petits écureuils portaient chacun un poisson bien gras. Mais Noisette, lui, ne portait rien du tout. Il courait devant les autres en chantant :

Un homme des bois m'a demandé gaiement :
Combien y a-t-il de fraises dans l'océan ?
Je lui ai répondu : il y en a autant
Que dans les bois il y a de harengs.

Mais le vieux hibou ne s'intéressait pas du tout aux devinettes, même quand on lui en donnait la réponse.

Le quatrième jour, les écureuils apportèrent au hibou six gros hannetons aussi succulents que les cerises d'un *clafoutis*. Ils les avaient enveloppés dans des feuilles d'oseille attachées avec des aiguilles de pin.

Noisette, toujours aussi impertinent, recommença à chanter :

Monsieur vieux Brun,
Devinez bien,
Froment d'Angleterre et cerises d'Italie
Se sont rencontrés sous la pluie
Et se sont mariés aussitôt
Dans un moule à gâteau.
Que sont-ils devenus ? Dites-le-moi
Et à trois sous, vous aurez droit.

Noisette aurait été bien embêté si le hibou lui avait donné la réponse, car il n'avait pas les trois sous promis.

Les écureuils s'en allèrent cueillir des noisettes mais Noisette, lui, ramassa les fruits d'un églantier et y piqua des aiguilles de pin.

Le cinquième jour, les écureuils apportèrent au hibou du miel sauvage. Le miel était délicieux et les écureuils s'en léchèrent les doigts. Ils avaient été le voler aux *abeilles* d'une ruche qui se trouvait tout au sommet de la colline.

Quand ils arrivèrent devant la maison du hibou, Noisette recommença à sautiller et à chanter :

En revenant à la maison
J'ai rencontré des petits cochons.
Ils étaient jaunes, rayés de noir
Comme des zèbres ; j'ai pu les voir
Chargés de miel, qui s'en allaient
Sur le chemin tout guillerets.

L e vieux Brun considéra Noisette avec mépris, puis il détourna la tête

Mais il mangea le miel !

Les écureuils remplirent leurs petits sacs de noisettes. Mais Noisette, au lieu de les aider, s'assit sur un gros rocher plat et joua aux quilles avec une pomme sauvage et des pommes de pin vertes.

Le sixième jour qui était un samedi, les écureuils revinrent sur l'île pour la dernière fois. Ils apportèrent au hibou un œuf tout frais dans un petit panier d'osier. Comme d'habitude, Noisette courait devant eux en riant et en chantant :

Un vieux hibou sur un mur
Qui picorait du pain dur
Tomba du mur en s'endormant
Parmi les roseaux d'un étang
Et le hibou mouillé, trempé
Se réveilla tout déplumé.

Lorsqu'il vit le bel œuf que les écureuils lui avaient apporté, le vieux Brun ouvrit un œil et le referma.

C ette fois encore, il resta silencieux.

Noisette devint de plus en plus insolent :

Monsieur vieux Brun ! Monsieur vieux Brun !
J'ai frappé à la porte du roi.
Et ni ses gardes, ni ses soldats,
Ni ses pages, ni ses valets
N'ont pu me chasser du palais.

Noisette dansait en sautillant comme un *rayon de soleil,* mais le vieux Brun ne disait pas un mot.

Alors, Noisette recommença :

Arthur a déployé sa bande,
Il rugit sur la lande.
Mais le roi d'Écosse avec toute son armée
Ne peut pas vaincre Arthur le révolté.

Noisette siffla pour imiter le bruit du *vent*, puis il prit son élan et sauta sur la tête du vieux Brun ! ...

Il y eut alors une grande confusion, des battements d'aile, des coups de bec et un grand cri. Les écureuils s'enfuirent dans les buissons alentour.

Lorsqu'ils revinrent à pas prudents, ils virent le vieux hibou assis sur le pas de sa porte. Il avait retrouvé son calme et fermé les yeux comme si rien ne s'était passé.

Mais Noisette était dans la poche de son gilet.

On pourrait croire que l'histoire de Noisette finit là, mais il n'en est rien.

Le vieux Brun emporta Noisette dans sa maison et le pendit par la queue avec la très ferme intention de l'écorcher vif. Mais l'écureuil se débattit avec tant de vigueur que sa queue se cassa en deux. Il bondit alors dans l'escalier et s'échappa par la fenêtre du grenier.

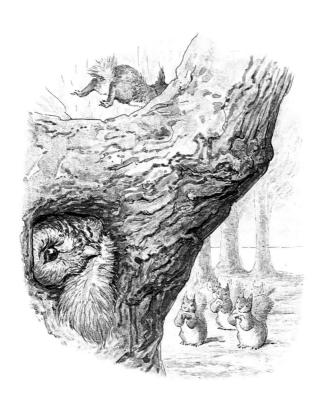

Et depuis ce jour, si jamais vous rencontrez Noisette et que vous lui posez une devinette, il vous lance des branches d'arbre, se met à trépigner, à grogner et à crier et les poils de ce qui lui reste de queue se hérissent aussitôt.